LES PETITS LIVRES DE M. LE CURÉ,

Bibliothèque du Presbytère, de la Famille et des Écoles.

LA
VISITE AUX PRISONNIERS

ou

Un Jour de Première Communion,

Tradition de Famille,

PAR Mme ÉLISE VOIART.

PAUL MELLIER, ÉDITEUR,
PLACE SAINT-ANDRÉ-DES-ARTS, 11.

centimes broché ; 35 centimes cartonné. 38

DENIS-AUGUSTE AFFRE, par la miséricorde divine et la grâce du Saint-Siége Apostolique, Archevêque de Paris.

MM. Plon et Paul Mellier, éditeurs, ayant soumis à notre approbation les ouvrages ci-dessous indiqués, faisant partie d'une collection ayant pour titre : LES PETITS LIVRES DE M. LE CURÉ, BIBLIOTHÈQUE DU PRESBYTÈRE, DE LA FAMILLE ET DES ÉCOLES, savoir : *Histoire de Saint Vincent de Paul*, 1 vol.; *Histoire de Sainte Geneviève*, 1 vol.; *l'Habitant des Ruines*, 1 vol.; *le Contre-Maître*, 1 vol.; *le Père Lejeune*, 1 vol.; *Comment on devient heureux*, 1 vol.; *la Visite aux Prisonniers*, 1 vol.; *les Pains de six livres*, 1 vol.; *les Péchés capitaux*, 2 vol.

Nous les avons fait examiner, et, sur le rapport qui nous en a été fait, nous avons cru qu'ils pouvaient offrir aux personnes auxquelles ils sont destinés une lecture intéressante et sans danger.

Donné à Paris, sous le seing de notre Vicaire-Général, le sceau de nos armes et le contre-seing de notre Secrétaire, le quatorze mars mil huit cent quarante-quatre.

F. DUPANLOUP,
Vicaire-général.

Par Mandement de Monseigneur
l'Archevêque de Paris :

E. HIRON,
Chanoine honoraire, pro-secrétaire.

LES
PETITS LIVRES DE M. LE CURÉ,

BIBLIOTHÈQUE
du Presbytère, de la Famille et des Écoles.

LA
VISITE AUX PRISONNIERS

ou

LE JOUR DE PREMIÈRE COMMUNION,

Tradition de famille,

Par Mme ÉLISE VOIART.

PARIS,
CHEZ PAUL MELLIER, ÉDITEUR,

1844

Z. 73

ß. 38

IMPRIME PAR BETHUNE ET PLON, A PARIS

LA VISITE
AUX PRISONNIERS.

La foi transporterait les montagnes, et ses actes merveilleux sont plus fréquents qu'on ne le pense. Notre légèreté et notre scepticisme habituel nous empêchent seuls de les remarquer. Il est peu de familles, pieuses et fidèles gardiennes des mœurs antiques, dans lesquelles on ne conserve avec soin quelques-unes de ces touchantes traditions destinées à perpétuer dans les jeunes cœurs ces sentiments de foi, d'espérance et d'amour, qui sont l'essence de notre divine religion.

Une simple anecdote de famille, qui nous a été bien des fois racontée dans notre enfance, servira de développement à cette vérité trop peu connue, et de nos jours mal appréciée, *que la foi fait des miracles*. Nous pouvons garantir à nos jeunes lecteurs l'authenticité de ce récit. Dans un récent voyage fait en Lorraine, des personnes, contemporaines du fait que nous allons raconter, nous en ont rappelé les détails et attesté de nouveau l'exactitude.

Le 8 septembre de l'année 1780, jour de la
fête de la Nativité de Marie, une grande solennité se préparait dans la paroisse de Saint-Epvre de Nancy. Dès la veille, on avait entouré
les piliers gothiques de la nef et du chœur des
riches tapisseries, tissues d'or et de soie, du
garde-meuble des anciens ducs de Lorraine ;
les jardins de l'Intendance et des hôtels de la
vieille ville avaient envoyé leurs orangers et
leurs grenadiers tout chargés de fleurs ; les
demoiselles de la confrérie de la Vierge avaient
paré sa chapelle de ses plus beaux ornements ;
sur le maître-autel resplendissait le riche luminaire en vermeil que l'antique église devait à la munificence du roi de Pologne Sta-
nislas-le-Bienfaisant, ce grand réparateur des
maux de la Lorraine ; enfin, rien n'avait été
négligé pour ajouter aux splendeurs de la
vieille église, attendu qu'une auguste et touchante cérémonie, la première communion des
enfants, devait ajouter encore à la solennité du
lendemain.

Au point du jour, tout fut donc en mouvement dans la plupart des maisons du voisinage ;
car il fallait habiller les enfants et se préparer
pour les accompagner à la grand' messe, qui
devait se dire à neuf heures, en raison de l'âge

encore tendre des jeunes conviés pour la pre-

mière fois à la table sainte. Parmi ces derniers se trouvait la troisième fille d'un brave et digne maître serrurier, jouissant des droits de bourgeoisie, et l'un des plus habiles compagnons du célèbre Lamour, cet artiste en serrurerie, dont le génie, le goût et le talent ont décoré de tant de beaux ouvrages la capitale de la Lorraine et les châteaux royaux de son dernier souverain.

Plus d'une fois, le brave artisan, que nous ne

désignerons que par son prénom de Jean-François, avait inscrit son nom modeste et pourtant honorable dans les élégants rinceaux des grilles splendides de la Carrière, de la place Royale et des chapelles de la primatiale ; dans les enroulements capricieux des riches balcons de l'hôtel de ville ; et donné, comme son maître Jean Lamour, des preuves de la souplesse de son talent dans ces charmants supports des grandes lanternes dorées qui entourent encore aujourd'hui la place Royale, et où le dur métal, s'assouplissant sous le marteau de l'artiste, se contourne en fleurs délicates, en palmes, en feuillages, et figure à l'extrémité de la tige principale un coq aux ailes étendues, au plumage hérissé, soutenant avec l'anneau suspendu à son bec l'éclatant luminaire.

Ces beaux ouvrages exécutés dans sa jeunesse et trente ans d'une vie laborieuse et consacrée à des travaux plus modestes dans son état avaient assuré la fortune de maître François d'une manière aussi honorable que solide. Père d'une nombreuse famille, que la mort de deux fils avait pourtant diminuée, il n'avait rien négligé pour donner à ses enfants une éducation conforme d'abord à certaines traditions de famille, qui lui assuraient une extraction noble,

7

en dépit de l'état vulgaire dans lequel elle était retombée par toutes les guerres qui avaient bouleversé la Lorraine un siècle auparavant, et ensuite à la position distinguée que maître François occupait dans sa corporation : ainsi ses filles, au nombre de quatre, tout en s'occupant sous la direction de leur mère, vrai type des bonnes ménagères de cette époque, de ces soins domestiques qui seuls conservent la fortune et souvent en tiennent lieu, s'adonnaient à la culture de quelque art d'agrément ; car alors la peinture et la musique, nobles arts décorés du surnom de *beaux*, n'étaient point encore devenus des métiers. Un clavecin, chef-d'œuvre de Perrotet, le grand facteur de la reine, décorait la chambre de la fille aînée ; la seconde recevait des leçons de peinture du maître près duquel étudiait alors une de nos célébrités contemporaines, Isabey. Le fils unique faisait ses études au collége des jésuites ; enfin, les deux dernières filles, enfants de dix à douze ans, en attendant qu'un goût particulier se manifestât en elles, suivaient facilement les impulsions de cette éducation de famille simple, grave, ordonnée, par laquelle les jeunes âmes, façonnées de bonne heure au bien, en contractent sans efforts les heureuses habitudes.

Victoire et Félicité, c'étaient les noms des

deux plus jeunes sœurs, s'aimaient tendrement, en raison de leur rapport d'âge et malgré la différence assez marquée de leurs caractères et de leurs humeurs. Félicité, la plus jeune des deux sœurs, était une jolie petite fille, gaie, vive, spirituelle, un peu étourdie, un peu volontaire ; mais dont les qualités aimables faisaient excuser les légers défauts. Victoire offrait un contraste parfait avec sa sœur. Son visage, sans être dénué d'agrément, n'offrait point cette rondeur de formes et ce brillant coloris qui font le charme principal des figures d'enfants lorrains. Son regard était doux, mais triste; sa bouche délicate, mais un peu boudeuse, et la couleur foncée de ses cheveux rendait plus frappante la pâleur habituelle de son front. Cependant il y avait dans sa frêle organisation, dans sa démarche et ses manières je ne sais quelle grâce triste et timide qui lui tenait lieu de beauté. Victoire avait eu une enfance maladive et peu précoce; mais, si les habitudes de sa vie en avaient subi les fâcheuses influences, la bonté de son cœur, sa douceur naturelle, sa patience, mise déjà si souvent à l'épreuve, en avaient acquis plus de développement. Grave, paisible et silencieuse, on n'entendait jamais sa voix s'élever en bruyants éclats de rire. Toutes ses joies étaient intimes et ses plaisirs concentrés ; elle passait des heures entières à examiner, dans tous leurs détails, les images de ses livres de prières, et notamment cette suite de gravures si précieuses de nos jours, dues au burin de J. Callot, et dont il a orné le livre des *Heures lorraines*; ou les peintures, encore peu savantes, mais déjà gracieuses, dont sa sœur Eulalie avait orné la chambre de leur mère ; ils offraient d'ailleurs des sujets familiers à ses habitudes pensives et recueillies : c'était la Vierge portant l'enfant divin, l'Adoration des bergers ou la Présentation au temple; une belle tête du Christ flagellé et empreinte sur le voile de sainte Véronique, image d'une profonde et sublime douleur, que Victoire ne pouvait, disait-elle, regarder sans pleurer. Souvent, et tandis que ses doigts faisaient diligemment tourner les aiguilles d'un tricot, elle écoutait avec un ravissement indicible la voix pure et harmonieuse de sa sœur aînée, lorsque celle-ci répétait les beaux motets qu'elle devait chanter le dimanche à la chapelle de la Vierge, dont elle était marguillère. Plus d'une fois Victoire s'efforçait à les redire; sa voix, faible comme celle d'un jeune oiseau qui ne sait encore que répéter les notes maternelles, ne manquait ni de justesse, ni de mélodie; mais sa timidité et l'état de souffrance habituelle où elle se trouvait en étouffait une partie, et la réduisait à une sorte de murmure mélodieux qui n'était pas sans charmes. Toutefois, les manifestations ordinaires de la joie trahissaient chez Victoire des émotions plus intimes. Habituée à se vaincre sans cesse, la jeune fille recourait fréquemment à ce moyen extérieur pour cacher un peu de dépit d'un refus éprouvé, un peu de chagrin d'un reproche injuste ou de quelques contrariétés dans ses désirs d'enfant. Alors, pour déguiser l'effort qu'elle faisait sur elle-même, Victoire chantait d'une voix plus accentuée quelques pieux refrains ; et cela lui était même devenu si habituel, que ce pieux manége ayant été observé par ceux qui l'entouraient, chacun disait avec une douce raillerie : « Ah ! voilà Victoire bien en colère, car elle chante. »

Cependant ces habitudes d'un caractère déjà fort et d'un esprit naturellement sérieux s'alliaient chez la jeune fille avec une grande simplicité de cœur et un désir d'obliger qui la faisait chérir de ses compagnes d'enfance, aussi bien que de ses proches. Sans prendre une part active aux jeux un peu bruyants qui réunissaient chaque soir, dans les beaux jours d'été, les enfants du voisinage devant la maison de ses parents, Victoire y présidait pourtant avec une douce condescendance : c'était elle qui décidait avec sagesse les coups douteux du jeu du *renard* ou des *coquilles*, jeux non moins chers alors aux enfants lorrains que celui des billes et de la marelle pour ceux de Paris ; avec cette différence que dans le jeu des *coquilles*, affecté surtout aux petites filles, des coquilles de petits escargots de montagne, rayées de rose et blanc, lilas et brun, jaune et noir, remplacent les billes de marbre colorées et même d'agate, dont les petits Parisiens sont si curieux. Chaque printemps, Victoire, dans ses promenades, recueillait patiemment, sous les buissons et le long des sentiers, ces jolis coquillages que les rigueurs de l'hiver avaient vidés de leurs petits habitants. De retour au logis, elle les nettoyait avec soin ; et, après avoir fait choisir les plus belles à sa jeune sœur Félicité, son plus grand plaisir était d'en donner des poignées à celles de ses petites amies qui, moins heureuses qu'elle, n'avaient pas le loisir ou l'occasion d'en aller chercher dans les bois.

Le même sentiment tendre pour tout ce qui souffrait de quelque peine ou de quelque privation portait Victoire à accueillir toute plainte, à essuyer toutes larmes ; elle faisait asseoir près d'elle les enfants timides qui n'osaient se mêler aux jeux, ou les pauvres petites rebutées par quelques-unes des jeunes dominatrices de ces jeux, et qu'elle savait alors consoler par le don léger d'une fleur, d'un fruit, d'une image ou par quelques douces paroles. Toujours prête à rendre quelques petits services à ses compagnes, elle était d'une complaisance extrême pour les aider à faire ce qu'on appelait la pelote de cou-

cous, jeu favori des petites filles au printemps. Au temps de Pâques, lorsque, suivant l'usage d'alors, les enfants, après avoir été chez leurs grands parents et leurs parrains et marraines pour y recevoir les œufs teints de couleurs éclatantes qu'on avait coutume de leur donner en présent, et à l'aide desquels ils faisaient mille jeux de hasard ou d'adresse, Victoire, qui était fort soigneuse, conservait les siens le plus long-temps possible; et quand, le dimanche suivant, tous les œufs, après avoir servi aux jeux pendant toute la semaine, se trouvaient mangés, elle apportait alors ceux qu'elle tenait en réserve. Ils étaient tous de choix : outre les rouges tout unis, il y en avait de jaunes nankin, teints avec des pelures d'oignons, des blancs, sur lesquels on avait imprimé, à l'aide de branches de cerfeuil maintenues par une pâte durant la cuisson, de charmants feuillages verts; d'autres, par le même procédé et au moyen de morceaux d'étoffes de soie, offraient l'apparence du jaspe, de la prime d'améthyste, du Labrador, ou d'une mosaïque de pierres précieuses; d'autres enfin portaient, gravés sur leur fond rouge, mille dessins gracieux : des oiseaux, des fleurs, ou d'ingénieuses devises.

Victoire, après avoir fait admirer ses richesses, donnait à chacune de ses petites amies un de ses beaux œufs, et abandonnait généralement les autres moins précieux pour recommencer les jeux de la planchette, du toc-toc, etc. Pour elle, assise dans un coin à l'écart, la joie de ses compagnes lui semblait plus douce que le plaisir du jeu auquel elle refusait de prendre part.

Ces instincts généreux, ce constant oubli d'elle-même, qui devaient devenir par la suite, chez la jeune fille, la charité la plus tendre et la plus éclairée, ne s'exerçaient pas seulement sur des sujets frivoles ou gracieux ; initiée par sa mère aux actes de charité les plus sérieux, Victoire avait connu de bonne heure et vu de près ces tristes misères qui se cachent avec pudeur et dont les âmes chrétiennes savent seules deviner les douloureux secrets. A cet égard, il régnait dans la famille toute patriarcale de Victoire un esprit de charité pratique qui n'oubliait rien, s'étendait à tout, et se manifestait journellement sous mille formes ingénieuses; ainsi, lorsqu'à l'entrée de l'hiver on tuait les porcs et qu'on faisait ensuite les salaisons qui devaient fournir aux sobres repas de toute la famille pendant toute l'année, la mère mettait à part quelques bons morceaux de lard, quelques saucissons fumés, ou des débris plus frais, et propres à régaler quelques pauvres familles privées de ces douceurs, auxquelles elle les envoyait, le soir, par une de ses filles, dont la bonne grâce et les douces paroles ajoutaient encore à la valeur de ce présent. Il en était de même quand, deux fois l'année, on fondait le beurre dans de grandes chaudières pour la provision de l'hiver. Il y avait toujours un pot de grès destiné aux pauvres. En automne, lorsqu'après les vendanges on rentrait les fruits, les noix, les pruneaux secs, le raisin, et qu'on faisait ces confitures de ménage appelées *la-toire* dans le pays, mélanges de poires, de coings et de carottes douces cuites dans du vin doux, tout ce qui dépassait les mesures du fruitier ou de l'armoire aux provisions recevait la même destination. *Tout superflu appartient de droit aux pauvres,* disait la vénérable dame, pour qui s'étendait fort loin cette pieuse maxime; car elle ne manquait pas, lorsqu'elle recevait la laine qu'elle faisait filer à de pauvres femmes, pour ensuite tricoter les bas de la famille, d'en mettre de côté quelques écheveaux; de même lorsque le tisserand lui rapportait la pièce de toile qu'elle faisait tisser chaque année et qu'elle en avait coupé le nombre de draps ou la douzaine de chemises dont elle grossissait peu à peu le trousseau de ses filles, ou augmentait son propre linge de ménage, elle avait coutume de laisser, avec le chef de la pièce de toile, l'aunage qui s'y trouvait ; toute joyeuse quand elle y voyait de quoi faire une couple de chemises ou une demi-douzaine de langes pour la pauvre famille à laquelle ce reliquat était destiné.

Mais il était une œuvre de charité d'une nature plus élevée, à laquelle la digne bourgeoise aimait à se livrer en même temps qu'elle se faisait un devoir d'y initier ses enfants : c'était celui de soigner et panser, de ses propres mains, ces maux presque sans noms et pourtant si douloureux qui affectent les doigts des enfants, des artisans et des gens de la campagne, maux que la médecine d'alors dédaignait de secourir autrement que par l'amputation quand le mal offrait quelque gravité. Un traitement, fruit de l'expérience ; des lotions alcalines à l'aide desquelles elle savait raviver les plaies les plus graves et les plus avancées ; un baume, secret de famille, qu'elle composait elle-même, et au moyen duquel elle endormait les plus atroces douleurs, lui avaient fait opérer un nombre prodigieux de guérisons, dont quelques-unes paraissaient mi-

raculeuses, et avaient rendu son nom populaire
dans toute la ville. Il se passait peu de jours
sans que quelque souffrance de ce genre ne lui
fût présentée ; tantôt c'était un enfant qui s'était
enfoncé une épine dans le doigt, laquelle, faute
d'avoir été retirée à temps, avait fait enfler la
main et le bras jusqu'au coude ; tantôt un pay-

san échappé à l'hôpital, où, conduit par un pana-
ris de la nature la plus grave, il n'avait pas voulu
qu'on lui coupât le doigt avant de s'assurer si la
bonne dame de la Grande-Rue ne pourrait
pas le guérir ; ou enfin quelque pauvre ouvrière

2

affligée d'un mal semblable pour avoir voulu continuer à travailler malgré ses souffrances. Rien ne détournait alors la digne bourgeoise du devoir qu'elle s'était imposé; elle savait même en combiner les exigences avec celles de sa position, comme mère de famille et de maîtresse de maison. Ses filles aînées assistaient tour à tour au pansement; les deux jeunes n'y manquaient point : l'une préparait la charpie, tandis que l'autre présentait les compresses ou les petits appareils, et toutes s'aguerrissaient le cœur et les yeux à voir sans faiblesse et sans dégoût ces plaies hideuses; en même temps que leurs mains, ainsi exercées dès l'enfance, acquéraient cette légèreté, cette adresse si précieuse dans ces délicates opérations. Aussi, à défaut de leur mère, et lorsqu'un événement imprévu forçait celle-ci à laisser à un de ses enfants le soin de préparer ou d'achever un pansement, il n'était pas rare de voir la sœur aînée quitter soudainement l'étude d'une brillante sonate, ou la seconde jeter ses pinceaux et laisser l'esquisse commencée, pour courir où l'appelait un pieux et charitable devoir. Cette pratique du bien, ces habitudes de dévouement devinrent, en quelque sorte, inhérentes à la nature des quatre sœurs. Toutefois, Victoire était celle qui devait s'y distinguer d'une manière plus particulière, et prolonger le plus long-temps cette sainte carrière vers laquelle, du reste, la portait le sérieux précoce de son caractère et l'absence presque complète d'occupations en dehors du cercle étroit où se passait sa vie. Jusqu'alors elle n'avait point, comme ses sœurs et son frère, connu les joies douces, mais quelquefois un peu ambitieuses que procure l'étude d'un talent ou d'un art; Victoire était sujette à de fréquents accès de fièvre qui lui interdisaient tout sujet d'application sérieuse. Il en était résulté un grand retard dans son éducation. Ainsi, tandis qu'on parlait des progrès que faisaient ses sœurs aînées dans l'étude de la musique et de la peinture, et des prix que le jeune Dominique, son frère, remportait chaque année au collège, la pauvre Victoire, qui n'avait encore fréquenté, dans les courts instants que lui laissaient ses maladies, que l'école des sœurs de Saint-Epvre, éprouvait souvent des moments de grande tristesse de se trouver aussi ignorante ; car à dix ans elle ne savait encore que lire, tricoter et marquer le linge ; son instruction intellectuelle se bornait à savoir par cœur son catéchisme, quelques histoires de la Bible, le petit *Traité de la civilité puérile et honnête*,

avec les quatrains du sieur de Pibrac qui com-
plétèrent ce petit cours de politesse naïve, que
tous les enfants apprenaient autrefois par cœur,
et dans lequel se trouvaient les meilleurs pré-
ceptes de la morale, joints aux simples règles
du savoir-vivre. Victoire, sans être douée de ces
facultés prononcées qui demandent des moyens
de développements particuliers, avait assez de
justesse dans l'esprit et de goût naturel pour
ce qui était bien, pour ne pas sentir combien
elle serait toujours inférieure à ses sœurs sous
le rapport des talents et de l'instruction. Toutefois ces affligeantes réflexions ne lui inspiraient
aucune jalousie pour des succès qui lui étaient,
en quelque sorte, interdits; et, faisant tourner
ces privations au profit de la pieuse résignation
qui faisait le but constant de ses efforts, elle
disait quelquefois à sa jeune sœur, dont l'éducation n'était pas plus avancée que la sienne :
« Laisse faire, *Félis,* petit nom d'amitié qu'elle
lui donnait; laisse faire, si nous ne sommes
pas savantes, le bon Dieu ne nous en aimera
pas moins, et au jugement dernier il ne nous
demandera point ce que nous n'aurons point
reçu. En associant ainsi sa jeune sœur à sa
pensée intime, et en lui fournissant les con-
solations qu'elle se donnait à elle-même, Vic-

toire ne mettait point en doute les intentions
de ses parents à l'égard de Félicité ; elle n'igno-
rait pas que, tant que celle-ci n'aurait pas fait
sa première communion, il ne serait question
pour elle que de l'éducation journalière qu'elles
recevaient toutes deux également ; mais, soit
qu'elle pensât que la grande légèreté d'esprit
qu'on reprochait fréquemment à la riante petite fille ne rendît à celle-ci l'étude difficile et
pénible, soit que par je ne sais quel obscur
sentiment de personnalité elle n'eût pu se faire
à l'idée de voir des occupations plus sérieuses
lui enlever la chère compagne de tous ses instants, et qu'elle eût voulu la retenir dans la
sphère modeste qu'elle se proposait de parcou-
rir, toujours est-il qu'en lui répétant souvent
le même langage, elle parvint, sans le savoir et
même sans le vouloir, à tourner les inclinations
de la petite fille vers cette vie simple et intime
partagée entre le travail, l'exercice du bien et
les douceurs d'une affection mutuelle, en un
mot à demeurer son inséparable.

D'après ces dispositions de cœur et d'esprit,
il est facile de comprendre comment la plus
tendre sympathie unissait les deux sœurs, malgré les contrastes de leurs caractères ; comment,
par un doux échange, le sérieux de l'une tem-

pérait la fougueuse vivacité de l'autre; tandis
que celle-ci exerçait à son tour une salutaire
influence sur l'esprit mélancolique de la pauvre
Victoire, qui puisait alors le courage de se
vaincre dans la crainte d'affliger ce visage riant
et gracieux qui, dans ses moments de souffrance,
de tristesse ou d'ennui, venait s'offrir à ses caresses. C'était à ses généreux efforts sur elle-même,
à l'exercice constant de toutes les vertus de
l'enfance, germes précieux de celles qui porte-
ront leurs fruits dans l'âge mûr, que Victoire
devait la grande faveur dont elle allait jouir ce
même jour, car elle avait onze ans à peine; et,
quand M. le curé de Saint-Epvre, qui avait di-
rigé son instruction religieuse, lui annonça qu'il
la jugeait digne d'être admise au banquet sacré,
la pauvre petite, qui ne pouvait croire à son
bonheur, en ressentit une telle joie, qu'elle
pensa en faire une maladie. Huit jours avant
l'époque marquée pour cette grande solennité,
un violent accès de fièvre saisit Victoire, qui
fut obligée d'interrompre ses exercices et de
garder le lit. Un abattement plus profond que
de coutume succéda à ce douloureux paroxysme;
la mère de Victoire s'en inquiéta plus que du
mal lui-même et employa tous les moyens pos-
sibles, depuis les exhortations les plus sages

jusqu'aux caresses les plus tendres, pour rani-
mer les esprits abattus de sa fille. Elle chercha
même, et bien contre sa coutume, à l'intéres-
ser par ces détails de toilette auxquels toute
jeune fille est toujours plus ou moins sensible :

«Voyons, Victoire, lui dit-elle un soir en l'embrassant, veux-tu que je te fasse faire pour dimanche une belle robe de gros de Tours bleue-
de-ciel, avec une coiffure de dentelle ornée de
rubans pareils, et un mouchoir de mousseline
des Indes brodé?... Dis-moi, seras-tu contente
d'être mise comme une demoiselle?»

Victoire, en écoutant ces douces paroles,

éprouvait un vif attendrissement; sa mère l'avait tutoyée, chose qu'elle ne faisait jamais que lorsque ses enfants étaient malades, car alors, dépouillant toute sévérité, elle n'était plus que leur tendre et fidèle gardienne. Ce langage révélait à Victoire toute la bonté et l'inquiétude du cœur maternel; mais comme chez elle les émotions les plus vives demeuraient intimes et voilées, elle n'en témoigna rien, de peur de laisser voir à sa mère qu'elle l'avait devinée. Toutefois, entrant mieux à sa manière dans l'intention aimable de cette mère chérie, elle se hasarda à lui dire : « Oh! ma bonne maman, si vous vouliez me rendre bien plus heureuse et ajouter pour moi, s'il est possible, à la joie de ce beau jour, ce ne serait pas par le don d'une belle robe de soie, ni de toutes les belles choses dont vous me parlez... mais ce serait que, du prix que coûterait cette riche étoffe et ces belles dentelles, vous fissiez faire deux fourreaux de toile de coton blanc, deux bonnets à barbes garnis d'une simple neige de fil, deux mouchoirs de mousseline claire, noués par devant d'un ruban blanc, pour les filles de la veuve

u tisserand, qui doivent aussi faire leur première communion et auxquelles leur pauvre mère n'a pas de quoi donner une robe neuve pour cette grande occasion... et quant à moi, si vous voulez bien me donner un ajustement semblable, je me trouverai mieux parée qu'avec le plus somptueux habit?.. »

Cette demande entrait trop dans les idées habituelles de la mère de famille pour qu'elle ne l'accueillît pas avec empressement :

« Je vous approuve, ma chère fille, dit-elle aussitôt, il sera fait selon votre désir, le bon Dieu vous trouvera en effet mieux parée pour le recevoir avec ces habits simples et modestes que si vous portiez les plus beaux atours; en même temps que les vêtements dont vous aurez revêtu ces pauvres, par suite de ce petit sacrifice de vanité, reluiront plus à ses yeux que les plus précieuses étoffes. Mais dépêchez-vous de vous guérir, ma chère enfant, continua-t-elle, car je veux que vous ayez le plaisir de porter à la pauvre famille ces ajustements que je vais faire faire en même temps que le vôtre. »

Je ne sais qui a dit : « Rien ne rafraîchit le sang comme une bonne action; » Victoire l'éprouva dans cette circonstance; la joie qu'elle ressentit, en ranimant ses esprits, en rendit la circulation plus paisible et plus régulière; le soir la fièvre ne revint pas; un sommeil salutaire acheva de dissiper ses douleurs, et le lendemain Victoire se réveilla fraîche et guérie.

Le premier soin de la mère, après avoir été à la première messe du matin remercier Dieu de cette guérison presque miraculeuse, fut d'aller acheter tout ce qu'il fallait pour les trois costumes en question. Elle porta ensuite les étoffes chez la couturière, et, comme celle-ci connaissait les petites filles auxquelles deux de ces habits étaient destinés, il ne lui fut pas difficile de faire, sans avoir besoin de leur prendre mesure, deux fourreaux, en même temps que celui de Victoire, qu'elle était accoutumée d'habiller.

Tout alla donc au gré de Victoire : la veille du jour tant désiré, celle-ci, ayant reçu les robes et les autres présents que la générosité de sa mère destinait aux pauvres petites filles, les plaça dans un panier couvert d'une serviette et prit le chemin de la porte Notre-Dame, car la veuve du tisserand demeurait dans une de ces maisons, fort délabrées alors, qui faisaient partie de l'ancienne citadelle.

Après la mort de son mari, la veuve n'avait manqué ni de courage, ni de confiance en Dieu ; et il en fallait pour élever cinq enfants, dont trois en bas âge. Mais, comme elle était probe et laborieuse, les personnes pour lesquelles son mari avait travaillé lui continuaient leur confiance. Obligée de vivre avec la plus stricte économie, c'était avec une grande tristesse qu'elle s'était vue hors d'état de vêtir convenablement ses filles dans cette première solennité de la vie chrétienne. Qu'on juge de la surprise, de la joie et de la reconnaissance de cette pauvre mère en recevant les présents que lui apportait Victoire ! Ce n'était pas la première

fois qu'elle avait reçu des preuves de la charitable bonté de madame François : mais celle-ci l'emportait, par son à-propos, sur toutes les autres. Elle devina sans peine la part que la bonne mademoiselle Victoire pouvait avoir à cette générosité ; la pauvre femme, interdite et muette, ne put lui témoigner la vive gratitude dont son cœur était pénétré, qu'en appelant sur elle mentalement, mais avec ferveur, toutes les bénédictions du ciel. Les petites filles, qui avaient quitté leur ouvrage et s'étaient approchées, timides et rougissantes autant de reconnaissance que du plaisir de recevoir ce présent, en firent alors leurs remercîments à Victoire d'une manière si tendre, que celle-ci, déjà bien émue et sentant de douces larmes gagner ses yeux, s'enfuit tout heureuse d'avoir si bien réussi à faire partager la félicité qui remplissait son cœur.

Avant de rentrer sous la voûte sombre et tortueuse qui s'étend sous la porte Notre-Dame, Victoire, pour se calmer, s'arrêta un moment à regarder la grande niche couronnée d'ornements gothiques, au fond de laquelle on voyait alors l'image de la Vierge avec l'ange, que le duc René appelait l'*Annunciate*, et qu'il avait fait peindre sur ses étendards. Cette niche, vide aujourd'hui, et qui surmonte l'entrée de la voûte du côté de la citadelle, était accompagnée de deux inscriptions en ca-

ractères gothiques, dont la diction et l'ortho-
graphe avaient bien souvent embarrassé la cu-
rieuse Victoire, qui cherchait en vain à les dé-
chiffrer.

Tout ce que Victoire avait pu comprendre
de cet obscur et défectueux langage, était qu'il
fallait saluer l'ange et la sainte Vierge ; et, docile à cette invitation, elle ne manquait pas de
faire une belle révérence à l'ange, et de dire
un *Ave* en l'honneur de la divine protectrice
de sa ville natale. Ce jour-là une impression
pénible vint se mêler aux douces et pieuses
émotions qui agitaient Victoire. Le sombre
passage était faiblement éclairé par une ouverture circulaire et grillée pratiquée au centre
de la voûte, et qui donnait dans la cour supérieure servant de préau aux prisonniers que
renfermaient les tours. Ceux-ci avaient imaginé,
dans les heures où il leur était permis de respirer l'air sur la plate-forme, de faire descendre
par cette ouverture, au moyen d'une corde-
lette, un petit sac, afin de solliciter la charité des
passants. En voyant le petit sac se balancer en
l'air, en entendant la voix triste et brisée de
celui qui l'agitait, répéter : « Ayez pitié et
compassion des pauvres prisonniers ! » le
cœur de Victoire se serra. Plus d'une fois

elle avait déposé dans l'humble escarcelle quelques sous, et même de temps à autre une petite pièce de six sous, don de sa marraine, et qu'elle conservait comme une curiosité ; mais, dans ce moment, la pauvre petite n'avait rien à donner. Elle passa donc sans oser lever la tête, de peur de voir la figure hâve et défaite du pauvre prisonnier ; et, tout attristée par cette rencontre, elle reprit le chemin de la maison. En passant devant l'église des Cordeliers, cette nécropole des princes de Lorraine, elle y entra pour faire une courte prière, et s'arrêta près du monument élevé à la mémoire du duc René, où ce dernier est représenté agenouillé devant la statue de la Vierge pour laquelle il avait une si tendre dévotion, et semble lui offrir son sceptre et sa couronne. Victoire avait aussi une grande dévotion à cette Vierge, et, dans la prière fervente qu'elle lui adressa, elle ne manqua pas de recommander les pauvres prisonniers à la protection de Marie-la-Miséricordieuse ; après quoi, se sentant plus calme, elle se hâta de revenir au logis, car elle avait encore bien des choses à faire et de sérieux devoirs à remplir. Elle accomplit les uns et les autres avec son zèle et sa ponctualité ordinaires, et le soir elle se coucha un peu fatiguée, mais heureuse de sa journée et plus heureuse encore de l'espoir de celle du lendemain.

Ces douces impressions, mélange de joies saintes et d'amour pour Dieu, rendirent son sommeil paisible. Victoire se réveilla au son des cloches de toutes les paroisses, tant de la Ville-Neuve que de la Ville-Vieille, au-dessus desquelles, les voix graves et harmonieuses de la belle sonnerie de Saint-Epvre se faisaient entendre. Victoire se leva aussitôt, et s'approchant du lit de sa jeune sœur qui partageait la même chambre :

« Allons, Félis ! dit-elle en l'embrassant, lève-toi. Voici un beau jour pour moi et pour nous tous, n'est-ce pas ? Hâtons-nous, afin d'être prêtes pour la prière. Félicité, dont les yeux encore tout endormis s'ouvraient à peine, répondit à ses baisers, et, docile à cet appel, sauta à bas du lit, riante et de bonne humeur. En quelques minutes les deux sœurs furent chaussées, lavées, peignées et prêtes à passer leurs habits de fête ; mais cette petite toilette demandant quelques soins particuliers, elles attendirent pour cela le secours de leur mère ou de leurs sœurs aînées.

Après avoir fait proprement leurs petits lits, ouvert la fenêtre et balayé leur petite chambre, les deux sœurs se rendirent dans ce qu'on appelait la salle ; c'était une belle pièce au premier étage, éclairée par deux grandes fenêtres sur la rue, et qui servait de lieu de réunion à la famille. Des tableaux de piété, et quelques-uns de ceux que nous avons signalés, en ornaient la tenture de papier velouté à grands ramages imitant un riche damas rouge-foncé ; entre les fenêtres on voyait une grande niche en bois sculpté, espèce de lanterne à pans vitrés, sur le fond bleu de laquelle se détachait la statue de la Vierge, la couronne royale au front, l'Enfant divin sur un bras, et portant de l'autre un sceptre d'or. Une lampe en cuivre, et que l'on allumait tous les samedis en l'honneur de la Vierge, suspendue au plafond, se balançait devant le petit oratoire. C'était là, aux genoux de la reine des anges, que matin et soir s'agenouillait la petite famille pour adresser à Dieu ses prières et ses vœux quotidiens. Rien de plus touchant que cette réunion. A sept heures du matin, et à la même heure le soir, père, mère, enfants, serviteurs, tous humblement prosternés, répétaient la prière que Marguerite, l'aînée de la famille, prononçait de sa pieuse voix. Le soir, quand la prière était terminée, le père se plaçait dans son grand fauteuil, et chaque enfant venait, en

présentant son front au baiser paternel, recevoir sa bénédiction avant d'aller goûter le
repos. Le matin, le même cérémonial avait
lieu. Souvent alors une petite admonestation
générale était prononcée par le père de famille ; plus souvent aussi un mot prononcé
par lui à l'oreille avertissait ou préservait de
rechute, tout le jour, celui qui recevait la se-
crète réprimande ou la tendre exhortation.
Après avoir pourvu au déjeuner de la famille,
la mère laissa à sa fille aînée le soin d'y présider

ainsi qu'à la toilette de ses autres sœurs, se ré-
servant celui d'achever celle de Victoire, et en
même temps de l'entretenir dans les pieuses
dispositions d'esprit que réclamait l'action sainte
qu'elle était au moment d'accomplir.

C'était chose facile ; car Victoire, loin de se
laisser distraire par aucun intérêt frivole ou
étranger à sa situation, paraissait moins sérieuse
que pensive et réfléchie. Elle quitta docilement
le cercle animé de tous les siens, et suivit sa
mère qui, passant aussitôt avec elle dans sa
chambre à coucher, alla ouvrir une petite armoire en marqueterie, placée dans un des
coins formés par le corps avancé de la chemi-
née. La partie supérieure de ces petits meu-
bles, fort à la mode alors, se terminait par de
légères étagères diminuant de grandeur, et sur
lesquelles on plaçait quelques objets rares ou
curieux, tels que des porcelaines de Chine,
des figurines de Saxe, quelque pièce d'argente-
rie antique ou chère à la famille ; mais l'armoire
du bas, qui se fermait à clef, contenait les
livres de piété de la mère de Victoire, livres
dans lesquels la vénérable dame puisait cette
haute instruction morale et religieuse dont elle
nourrissait en quelque sorte l'âme et le cœur
de tout ce qui l'entourait. Parmi ces volumes,

les uns d'un service habituel, tels que *les Offices de toute l'année, le Bon Paroissien, les Épîtres et Évangiles ;* les autres destinés à la méditation plutôt qu'à la prière, tels que l'admirable livre de *l'Imitation de Jésus-Christ,* source de tant de consolation pour ceux qui savent y lire avec foi et humilité ; *le Diamant du Chrétien ; le Combat spirituel,* que saint François de Sales appelait son cher livre ; *l'Esprit des œuvres* et *l'Introduction à la vie dévote,* par le même saint François de Sales ; parmi ces livres, disons-nous, il en était un nouvellement relié, qui avait pour titre : *Instructions sur les plus importantes vérités de la religion et des principaux devoirs du christianisme.* Cet ouvrage était devenu en Lorraine comme le manuel de toutes les familles chrétiennes. En 1762, M. Claude de Drouas, alors évêque de Toul, par l'estime qu'il avait de cet ouvrage, publia une lettre pastorale pour en recommander la lecture aux fidèles de son diocèse, et exhorter les pasteurs et les personnes zélées pour la gloire de Dieu à le répandre et à le distribuer. Pour obéir à cette pieuse injonction, madame François en avait acheté un certain nombre d'exemplaires, qu'elle distribuait chaque année et qu'elle savait placer avec autant de fruit que de discernement; elle avait jugé que le don de ce livre fait à sa fille dans la circonstance actuelle ne pouvait avoir que d'heureux résultats; elle prit donc ce volume et le lui présenta en disant : « Dans ce jour bien solennel pour vous, ma fille, recevez de moi ce présent; ce livre contient le développement des grandes vérités que vous n'avez fait jusqu'à présent qu'entrevoir; la lecture régulière et habituelle de ce livre vous apprendra à les goûter et à en pratiquer les œuvres. Relisez surtout et avec attention les chapitres qui traitent de *nos devoirs envers Jésus-Christ dans la sainte Eucharistie*, et ceux de la communion; et répétez souvent ces paroles qui les terminent : « O Jésus ! que votre » tendresse pour nous est grande ! qui pourra » jamais assez l'admirer, assez y correspondre !»

Victoire reçut le présent de sa mère avec respect et reconnaissance; elle l'assura qu'elle en sentait tout le prix, et qu'elle ferait tous ses efforts pour s'en montrer digne. Par un empressement bien naturel, elle ouvrit aussitôt le livre, et, tandis que sa mère, qui lui avait passé la simple robe blanche qu'elle avait elle-même choisie, achevait de l'habiller, Victoire

en parcourut avidement les pages ; bientôt ses
yeux s'arrêtèrent sur l'excellent chapitre inti-
tulé : *De la dévotion envers la sainte
Vierge,* et elle ne put s'empêcher de lire tout
haut la prière touchante qui en fait comme le
complément :

« O sainte Vierge ! permettez qu'en vous fé-
licitant avec l'Église de la gloire que vous ont
méritée vos vertus, je vous remercie de tant
de grâces que vous m'avez obtenues, dès
mes plus tendres ans, de la miséricorde de
notre Père céleste, et que je vous prie de
continuer à m'honorer, auprès de votre cher
Fils, de votre protection généreuse. Faites,
par votre intercession toute-puissante, que je
n'oublie jamais que porter votre bonté pour
les hommes jusqu'à cet excès d'indulgence et
de faiblesse qu'elle autorise le pécheur impéni-
tent, c'est se former une idée d'une mère de
Dieu sans équité, sans zèle pour sa gloire ;
c'est par conséquent vous outrager au lieu de
vous honorer par les apparences d'un culte
extérieur que dément un cœur corrompu. Fai-
tes-moi toujours souvenir que vous n'êtes ve-
nue au monde que pour terrasser le serpent
infernal et servir au grand ouvrage de la ré-
demption ; que vous n'avez donné un corps au

Fils de **Dieu** que pour laver dans le sang sacré de ce Dieu sauveur les moindres souillures du péché, qui a causé sa passion et sa mort. O Marie ! ô pleine de grâces ! ô ma reine et charitable mère ! faites sans cesse retentir aux oreilles de mon cœur cette vérité salutaire; qu'autant est injurieux à votre puissance et à votre amour pour les hommes le désespoir de ceux qui n'espèrent rien de votre miséricorde, autant est opposée à votre sainteté et à votre justice la présomption de ceux qui osent vous faire les demandes les plus injustes et les plus déraisonnables, je veux dire la fausse confiance que se flattent d'avoir en vous les pécheurs qui ne veulent point renoncer à leurs déréglements. Enfin, obtenez-moi la grâce de mettre comme vous tout mon bonheur à accomplir la volonté de Dieu, afin de mériter la récompense promise aux serviteurs fidèles de Jésus et de Marie. Ainsi soit-il. »

En achevant ces mots, la jeune fille, emportée par un pieux mouvement, s'échappa des mains de sa mère, passa dans la salle voisine et s'arrêta devant l'image de la Vierge, si tendrement révérée dans sa famille, éleva vers elle son regard plein de tendresse et de foi, ploya les genoux, et, dans une muette et fervente prière, sembla prendre l'engagement d'être de ce jour fidèle au culte de la reine des anges. Elle se releva émue mais joyeuse. Avant de sortir, sa mère rabattit les barbes de son bonnet sur ses épaules, ce qui tenait lieu alors du voile que portent aujourd'hui les premières communiantes.

Cependant le second coup de la grand'messe venait de sonner, Victoire était descendue, ses sœurs avaient quitté leur chambre, le père attendait dans la salle à manger en compagnie de son fils, qui portait déjà la soutane; les servantes de la maison fermaient à grand bruit les portes de la cuisine, de la cour et des appartements, car toute la maison assistait régulièrement aux offices du dimanche; enfin on n'attendait plus, pour se rendre à l'église, que la mère de famille, qui, après s'être occupée de tout son monde, achevait aussi de s'habiller. Toutefois elle ne tarda pas à paraître, portant son livre de prières; la bonne dame jeta un regard attentif autour d'elle, et, voyant que tout était dans l'ordre, elle prit Victoire par la main, fit sortir tout son monde de la maison. laissa à son mari le soin d'en prendre la clef, et, suivie de son cortége, se dirigea par la rue du Maure-qui-Trompe, celle du Moulin, la place des Dames, et enfin la place Saint-Epvre, à la paroisse de ce nom, où se rendaient également, de tous côtés, des troupes d'enfants vêtus de blanc et la foule des fidèles se rendant au service divin.

Arrivée dans l'église, et tandis que le reste de sa famille allait s'établir dans le banc qui lui appartenait, lequel, placé dans un des bas côtés à droite de la nef, permettait de voir facilement ce qui se passait au maître-autel, Victoire, con-

duite par sa mère, s'avança vers le chœur, où se rassemblaient ses jeunes compagnes. Parmi

ces dernières, elle remarqua bientôt les deux
jeunes filles de la veuve du tisserand. Quoiqu'un
peu plus âgées que Victoire, elles étaient de la
même taille ; et quand il s'agit de former les rangs
pour conserver l'ordre durant la cérémonie
sainte, les deux modestes petites filles se placè-
rent derrière leur jeune bienfaitrice comme
pour lui faire honneur. Le regard plein de reconnaissance qu'elles jetèrent sur elle en passant remplit le cœur de Victoire de la plus pure
joie ; elle se tourna à demi vers le banc de sa
famille, où sa mère avait été reprendre sa place,
et son doux sourire, répondant au sourire maternel, semblait lui reporter avec gratitude une
partie du plaisir qu'elle venait d'éprouver.
Mais bientôt les sons de l'orgue se firent entendre ; le clergé revêtu de ses riches ornements entrait dans le chœur, et le prélude de
l'hymne *Veni creator spiritus*, en détour-
nant les pensées de Victoire de tout objet ter-
restre, les reporta toutes vers le ciel.

Nous n'entrerons pas dans le détail des divers incidents qui marquèrent l'auguste cérémonie, tels que la récitation des Actes, l'allocution paternelle du vénérable pasteur, la pro-
cession de l'offrande, où toutes ces jeunes
vierges se rendirent avec un cierge allumé , au-

quel était attaché un écusson bleu portant en
lettres d'or les paroles mystiques : *Marie a
été conçue sans péché.* Tous ces faits s'ac-
complirent avec ordre et recueillement. Le
moment arriva où ces innocents convives en-
tourèrent la table sacrée, et où les anges et
les saints habitants du ciel, abaissant leurs
regards vers la terre, assistèrent invisibles à ce
touchant spectacle ; moment auguste où tous
les fronts s'inclinent, où l'on n'entend que le
bruissement des lèvres pieuses murmurant de
ferventes prières, et la voix du prêtre pronon-
çant la formule consacrée, qui atteste à la fois
le plus saint mystère de notre religion, comme
le plus grand et le plus touchant de ses miracles.

La jeune fille, dont nous avons essayé de
peindre le caractère et les modestes vertus,
tout entière au sentiment de son bonheur, re-
gagna sa place à pas lents, les yeux baissés, les
mains jointes et dans l'attitude du recueillement. Nous nous garderons bien de sonder la
profondeur des sentiments d'amour, de gratitude et d'adoration dans lesquels cette âme
pieuse demeura plongée pendant tout le reste
du service : il est des choses qu'on ne peut qu'af-
faiblir en essayant de les décrire ; nous dirons

seulement, et parce que cela tient essentiellement
à notre sujet, qu'après avoir payé ce tribut de
reconnaissance au Dieu qu'elle venait de recevoir, la bonne et consciencieuse jeune fille se
ressouvint de la promesse qu'elle avait faite à
maintes personnes de prier pour elles le jour de
sa première communion. La vieille servante de
la maison lui avait demandé d'intercéder en sa
faveur pour que Dieu lui accordât la grâce
d'une bonne mort; une pauvre femme lui avait
recommandé son enfant malade; une autre, le
retour de son fils absent; enfin, toutes sortes
de misères s'étaient adressées à elle dans la
pieuse et naïve persuasion que Dieu n'aurait
rien à refuser ce jour-là à ses prières. Or,
parmi ces souvenirs, se présenta celui des
pauvres prisonniers de la porte Notre-Dame,
qui, la veille, comme on sait, l'avaient si vive-
ment émue. Avec une sainte tristesse, pareille
à celle que les anges éprouvent à la vue du pécheur, elle pensait à ces malheureux qui, après
avoir perdu par leurs crimes la liberté des enfants
de Dieu, gémissaient, privés de toutes conso-
lations, sous le joug du démon et soumis à toutes les rigueurs de la justice humaine. Il est
probable que l'ardeur de la prière de Victoire
fut en rapport avec la gravité de ses réflexions;

elle en garda même une certaine impression,
et quand, au sortir de l'église, elle se trouva
auprès de sa mère, celle-ci crut remarquer
dans son regard, plus voilé encore que de coutume, quelque chose de souffrant et de triste
de nature à l'inquiéter ; car la santé de la pauvre enfant était pour sa mère un objet continu-
nuel de soins et de sollicitude. Toutefois, si
dans cette occasion l'âme souffrait, le corps
était sain et dispos et plutôt fortifié qu'affai-
bli par la fatigue et les émotions diverses de la
matinée. Victoire rassura sa mère par un de
ses plus aimables sourires ; mais elle ne lui ca-
cha point l'espèce de tristesse soudaine que lui
avait fait éprouver la pensée des pauvres prisonniers renfermés dans les cachots des tours
Notre-Dame, privés d'air, de lumière, de tout
ce que le bon Dieu accorde à ses moindres
créatures. « Et justement aujourd'hui, ajouta
Victoire, le jour de la fête de la sainte Vierge ;
aujourd'hui que tout le monde est si heureux,
et que tant de familles sont joyeuses!.. Ne
trouvez-vous pas, chère maman qu'il y a là de
quoi être triste ?... » La bonne et sage mère,
tout en approuvant ce qu'il y avait de bon et
de généreux dans ces sentiments, crut devoir
faire observer à sa fille que, si la sensibilité

était la marque d'un bon cœur, il fallait en savoir régler sagement l'emploi, et qu'on ne devait pas accorder le même intérêt au malheur
encouru par une faute qu'à celui qui est non
mérité. « Au surplus, continua-t-elle, mon enfant, croyez bien que le bon Dieu n'oublie per-
sonne ; et, comme vous le dites, en effet, c'est
aujourd'hui, pour nous du moins, une double
fête ; les prisonniers de la porte Notre-Dame
s'en ressentiront. Après le dîner vous irez avec
Thérèse leur porter une cruche de notre vin
vieux de Thiaucourt ; car la vendange s'appro-
che ; et, s'il plaît à Dieu, la récolte sera assez
bonne pour nous permettre cette petite avance
sur la part que chaque année nous don-
nons aux pauvres. D'ailleurs je veux vous
donner cette petite joie, ma bonne Victoire ; ce
sera un souvenir de plus à ajouter à celui de
votre première communion. — Ah ! ma chère
maman, vous êtes la bonté même ! dit Victoire
avec ravissement ; et cette bonté me rend si
heureuse que je ne sais comment vous en remercier.

Pendant cet entretien, la famille était arrivée
devant la maison ; tandis qu'on en ouvrait la
porte, la mère, qui s'était arrêtée un instant,
abaissa son regard sur Victoire, dont les yeux

mouillés de douces larmes cherchaient à ren-
contrer ceux de sa mère; celle-ci comprit ce
muet langage, sa noble et grave physionomie
s'éclaira soudainement d'un sourire plein d'une
tendresse inexprimable, et passant la main sur
le front, les yeux et les joues de sa fille : Que
Dieu te bénisse, mon enfant ! dit-elle d'une voix
basse et émue, car, toi aussi, tu me rends bien
heureuse !... Ces mots et la simple caresse dont
ils étaient accompagnés remplirent le cœur de
Victoire d'une joie profonde; elle baisa avec
transport la main de sa mère et entra avec elle
dans la maison.

Les heures qui s'écoulèrent jusqu'au moment
où Victoire devait s'occuper de l'œuvre de miséricorde que sa mère l'avait destinée à accomplir, furent remplies de soins divers qui, sans
trop distraire la jeune fille de ses pensées habituelles, l'occupèrent assez pour lui faire attendre sans impatience le moment désiré. Quelques amis avaient été invités au dîner de la famille pour célébrer l'heureux événement qui
émancipait, en quelque sorte, un de ses plus
jeunes membres. A table, le père avait fait placer Victoire près de lui, afin de lui faire les
honneurs du festin. Chacun, entrant dans ses
vues à cet égard, témoignait à la modeste en-

sant une déférence, une considération qui au-

raient sans doute excité la vanité de toute autre
jeune fille, mais qui, chez Victoire, n'avait
d'autre effet que de la rendre plus humble en
lui faisant envisager les égards dont elle était
l'objet, moins adressés à elle qu'au nouveau et
auguste caractère d'enfant aimée de Dieu, dont
elle venait d'être revêtue.

On dînait alors à midi ; le repas se prolongea
un peu plus que de coutume ; toutefois, comme
Victoire et la famille ne devaient pas retourner
à l'église avant l'heure de vêpres, il y avait tout
le temps nécessaire pour que Victoire se rendît
à la porte Notre-Dame.

La mère de famille était descendue à la cave, suivie d'une jeune servante qui portait une grande cruche de grès bleu des Vosges, que la charitable dame remplit de son meilleur vin. La cruche remplie, bien bouchée et reportée en haut par Thérèse, qui devait accompagner Victoire, la mère appela celle-ci et lui dit :

— Allez, ma bonne fille ! allez porter cela à vos pauvres prisonniers ; ce bon vin leur réjouira le cœur et les disposera peut-être à bénir la miséricorde de Dieu, qui permet que dans ce jour solennel ils ne soient pas tout à fait oubliés ! Revenez ici avant trois heures, mon enfant, car nous vous attendrons pour aller à vêpres !

Victoire ne se fit pas répéter cet ordre, et toute joyeuse prit avec Thérèse, qui portait la lourde cruche, le chemin de la porte Notre-Dame.

Après avoir remonté la Grande-Rue dans toute sa longueur, et passé devant le palais ducal, cette antique demeure des souverains de la Lorraine, elle se trouva enfin à l'entrée de la vieille forteresse qui, au treizième siècle, défendait déjà Nancy de ce côté. A droite et à gauche, deux tours rondes, massives et profondément enfoncées dans la terre, s'unissaient aux bastions, restes de ses doubles et formidables fortifications; une courtine surmontée d'une horloge et percée d'ouvertures grillées s'étendait de l'une à l'autre tour.

Sous les dentelures gothiques de cette courtine, apparaissaient de temps à autre, derrière les barreaux, aussi bien qu'aux meurtrières des tours, le pâle et triste visage des prisonniers auxquels le sombre édifice servait de demeure: il en renfermait alors un assez grand nombre, car, outre les soldats de la garnison que des fautes de discipline envoyaient pour quelques jours à la salle de correction dans la tour qui servait de prison militaire, il y avait dans les cachots de véritables criminels expiant leurs forfaits ou attendant leur jugement; de plus, des réparations urgentes aux prisons du palais de justice avaient fait refluer la plupart des prisonniers pour dettes ou autres délits dans celles des tours Notre-Dame.

Une fois par jour on faisait sortir les uns et les autres de leurs sombres réduits, pour venir respirer un air plus pur sur la plate-forme supérieure qui s'étendait le long de la voûte, et au centre de laquelle une ouverture fortement grillée éclairait cette dernière.

Victoire et sa compagne, en entrant dans le

sombre passage, virent, comme de coutume, le petit sac des prisonniers s'agiter dans l'espace éclairé, c'était signe que l'heure de la récréation de ces derniers était commencée et que le dessein de Victoire n'éprouverait point d'obstacle. Les jeunes filles se hâtèrent d'arriver à l'extrémité de la voûte et de monter les cinquante marches de l'escalier en pierre qui conduit au logement du concierge des prisons. Arrivées devant la porte en chêne noir et mas-

sive, Victoire, qui croyait voir la porte de l'enfer, en souleva timidement le marteau; au pre-

mier coup et contre son attente, la porte s'ouvrit. Une grande et forte femme se présenta, et
leur demanda d'un ton brusque ce qu'elles vou-
laient : c'était la femme du geôlier. Victoire dit
qu'elle apportait du vin aux prisonniers, et
qu'elle désirait être conduite près d'eux pour
leur en faire la distribution, puis elle ajouta :
« Oh ! c'est aujourd'hui la Notre-Dame, pour
l'amour de la Sainte-Vierge, ne me refusez
pas ?... » car la geôlière, d'un abord peu en-
courageant, semblait mal disposée à accueillir
sa requête ; toutefois en voyant les vêtements
blancs et les barbes rabattues de la coiffure de
jeune fille, ce qui révélait en elle une première communiante ; en écoutant sa voix crain-
tive et émue, quelque chose de moins dur succéda dans l'accent de la geôlière au ton bourru
qui lui était presque habituel.

—Vous avez, ma foi, raison, mon enfant ! dit-
elle en regardant curieusement Victoire ; c'est
aujourd'hui la Notre-Dame ! *bon jour, bonne
œuvre,* comme on dit ; il paraît que vous voulez finir celui-ci comme vous l'avez commencé,
c'est bien, c'est bien ! Quant à votre vin, c'est
du bien perdu, voyez-vous ! car ces gueux-là
ne méritent pas l'eau qu'ils boivent, et puis le
premier qui mettra le nez dans votre cruche est

capable d'avaler tout dès la première gorgée si
l'on n'y met ordre ; mais, attendez, je m'en
vais vous arranger cela, moi aussi bien mon
homme qui est là-dedans pourrait bien vouloir
en prendre aussi sa part, si on le laissait faire...
La geôlière avait prononcé ces derniers mots
à demi-voix et comme se parlant à elle-même ;
tout à coup elle fit signe aux jeunes filles de la
suivre, s'avança vers une porte basse, véritable
guichet de prison fermé d'une énorme serrure
et de deux gros verrous, l'ouvrit à grand bruit,
et après avoir fait passer Victoire et Thérèse devant elle, la referma soigneusement à l'aide de la
clef qu'elle en avait retirée. Un petit passage obscur, pratiqué entre le mur du rempart et le logement de l'aide-major de la citadelle, condui-
sait de là à l'espace étroit réservé entre les tours
et dont nous avons déjà parlé ; cette espèce
de préau sans herbe, sans arbre et sans autre
ombre que celle des hautes murailles qui l'entouraient de tous côtés, était également fermé
d'une porte verrouillée à l'extérieur ; il renfermait en ce moment plus de quatre-vingts
prisonniers de tout âge et tous d'aspects diffé-
rents ; et quand la geôlière y introduisit ses
jeunes protégées, celles-ci ne purent se défendre d'un secret effroi, en voyant les yeux som-

bres ou hagards de toute cette multitude se diriger vers elles avec les diverses expressions des passions vicieuses qui avaient conduit ces misérables dans ce triste séjour. Toutefois Victoire, qui avait dans le cœur une sauvegarde contre la peur, ne se laissa pas long-temps intimider par cet aspect repoussant, et après avoir offert mentalement à Dieu le sacrifice de sa répugnance, elle prit la cruche des mains de Thérèse et se mit en devoir de distribuer le fortifiant breuvage en invitant les prisonniers à venir boire à la cruche chacun à son tour. A peine cette intention fut-elle comprise, que toute cette foule en haillons se précipita vers la blanche jeune fille, un peu interdite de cet empressement tumultueux ; un homme, qu'un costume plus soigné, une barbe faite du jour, un col blanc serré d'une boucle d'argent, des cheveux poudrés, et un air de supériorité soutenu par un clavier de grosses clefs qu'il agitait de temps en temps faisaient reconnaître pour le geôlier, réprima d'un geste accompagné d'imprécations cet empressement brutal. Tout en contenant la foule avide, il s'approcha de Victoire en chancelant, et lui dit d'une voix que l'ivresse rendait rauque et troublée :
« Qu'est-ce, la belle enfant ?... du vin pour ces

drôles?... et en l'honneur de quel saint, s'il vous plaît?...

— Monsieur, se hâta de dire Victoire un peu émue, c'est aujourd'hui la Notre-Dame, et ma mère a pensé que les pauvres prisonniers ne seraient pas fâchés de pouvoir fêter ce bon jour avec un verre de vin. C'est pourquoi.....

— Un verre de vin! interrompit l'ivrogne en riant d'un gros rire convulsif et bruyant; voilà qui est bien imaginé! Et c'est pour cela que vous venez ici avec cette cruche qui ne contient pas douze roquilles pour désaltérer ces gaillards-là? Il n'y en aurait pas seulement pour ma dent creuse, ajouta-t-il en portant la main sur la cruche, comme pour s'assurer si elle était pleine.

— Nous n'en avons pas de plus grande, monsieur; elle contient quatre pots de bon vin vieux de Thiaucourt, dit Victoire en essayant de retenir la cruche; et d'ailleurs un peu de ce cordial vaut mieux, pour ceux qui ne boivent pas du vin tous les jours, qu'un plein broc de piquette.

— Oui-da! pas mal raisonné, ma petite. Eh bien! je veux m'assurer de la vérité de ce que vous dites. Arrière! vous autres! fit-il en repoussant les prisonniers, que tous ces détails n'amu-

saient guère, et qui, avec un sourd murmure
de mécontentement, caressaient des yeux la
bienheureuse cruche dont ils craignaient de se
voir disputer la possession ; arrière ! vous dis-
je, ou je sonne la cloche, et tout le monde
rentrera dans son trou... D'ailleurs, messieurs,
ajouta-t-il avec une gravité burlesque, il faut,
pour le bien de vos personnes, que je goûte
avant vous le soi-disant vin de Thiaucourt : car
enfin si l'on avait fait le projet, pour se débar-
rasser de vous, de vous empoisonner tous
comme des rats, vous comprenez que moi,
qui suis responsable de vous, corps et âme,
je dois m'assurer par moi-même...

En parlant ainsi, le geôlier arracha la cruche
des bras de Victoire, et, l'élevant résolument
jusqu'à la hauteur de son épaule, il s'apprêtait
à entonner dans sa vaste panse une bonne partie du précieux contenu, à la grande mortification des prisonniers, qui savaient quel terrible
tribut il allait prendre sur leurs portions, et
au grand chagrin de Victoire, qui, après avoir
essayé, ainsi que Thérèse, de défendre la cruche, tournait les yeux de tous côtés avec désola-
tion pour trouver quelque courage en état de
s'opposer à ce vol manifeste fait aux pauvres prisonniers. Heureusement que la femme du geôlier,

qui s'était arrêtée à causer avec un ecclésiastique au moment où celui-ci sortait de l'une des tours, s'avançait avec lui vers le lieu où se passait la scène. Aux cris que poussait la jeune servante épouvantée, aux imprécations bruyantes des prisonniers, à la vue de l'angoisse peinte sur le pâle visage de Victoire, mais surtout en voyant la cruche entre les mains de son mari, tout prêt à la porter à ses lèvres, la brave femme ne fit qu'un bond jusqu'auprès de son mari, et, saisissant la cruche par le ventre, l'enleva lestement à son avidité en lui criant : « Es-tu fou, Christophe! et n'as-tu pas honte de dîner ainsi sur le peu de bien qui arrive à ces pauvres gens? Est-ce que tu manques de vin pour aller boire à cette cruche, ni plus ni moins que si c'était de l'eau claire?... Mais je vois, ajouta-t-elle avec un rire contraint, car elle voyait une affreuse colère s'allumer dans les yeux de l'ivrogne, je vois ce que c'est : il a voulu vous faire une farce, mes enfants! dit-elle aux prisonniers, qui étaient partis d'un grand éclat de rire en voyant la déconvenue du geôlier et sa mine hébétée ; il n'en aurait pas bu une seule goutte, bien sûr! N'est-ce pas, Christophe, que c'était pour rire!... »

L'arrivée de l'ecclésiastique vint en aide à

l'ingénieuse adresse de la brave femme. Il fit
une question de service au geôlier, et contribua
ainsi à détourner l'orage qui grondait dans le
cœur de l'ivrogne humilié. Ce vénérable prêtre, dont la présence acheva de rassurer Victoire, était l'aumônier de la prison. Il connaissait les parents de Victoire, et avait assisté le
matin à la première communion de cette dernière ; après l'avoir félicitée sur son récent bonheur, et sur le charitable sentiment qui l'avait
amenée dans ce triste lieu, il adressa quelques
mots aux prisonniers sur la reconnaissance
qu'ils devaient avoir envers la sainte Vierge, qui
permettait que, dans le jour qui lui était con-
sacré, de bonnes et pures âmes aient eu l'idée
de les soulager. Il se retira ensuite un peu à l'é-
cart et suivait d'un œil attendri tous les mou-
vements de la jeune fille, qui, dans sa blanche
parure et avec son sourire compâtissant, semblait un ange de paix descendu dans ce lieu de
misère pour y porter l'espoir et la consolation.

Par les soins de la geôlière, malgré les sar-
casmes amers et même les réflexions impies à
l'aide desquels son mari continuait à exhaler
son humeur railleuse et bourrue, un mode
de distribution fut établi, au moyen duquel il
ne devait y avoir ni oubli ni abus dans la dis-

tribution ; elle avait invité les prisonniers à apporter chacun le gobelet d'étain qui servait à leur repas, et à s'approcher chacun à son tour de la jeune distributrice. Celle-ci, debout sur une grosse pierre, soutenait avec l'aide de Thérèse les flancs de la cruche, et de l'autre en abaissait le goulot vers chaque gobelet qui lui était présenté.

D'abord, en voyant cette multitude de mains et de vases dirigés vers elle, et en entendant les moqueries grossières du geôlier, une grande inquiétude agita le cœur de Victoire. Aurait-elle en effet de quoi satisfaire l'attente de tous ces malheureux, dont les uns, exténués par les souffrances d'une longue captivité, les autres, les yeux mornes et la pâleur du chagrin sur le front, semblaient avoir besoin d'être ranimés par un tonique quelconque ?... Comme les plus souffrants s'étaient présentés les premiers, Victoire n'avait pas hésité à remplir leur gobelet, et maintenant elle n'osait plus diminuer la portion de peur d'exciter quelque fâcheuse querelle.

« Bah ! bah ! se dit-elle enfin, il y a bien des verres de vin dans une cruche de huit pintes ; et puis Dieu est bon ! » ajouta-t-elle. De ce moment, sans pousser plus loin sa pensée,

elle continua à remplir jusqu'aux bords les
gobelets, fermant l'oreille aux quolibets du geôlier, qui, à chaque rangée de verres expédiée,
s'écriait sur tous les tons :

« Levez donc le fond de la cruche ! ça
baisse ! voilà la fin ! Ah ! il n'y a plus d'huile
dans la lampe ! Retirez-vous, les autres ! vous
voyez bien que ça ne coule plus que comme
un fil !... » Victoire, sans se troubler, sans se
préoccuper du contenu de la cruche ni du
nombre de tasses qui lui restaient à remplir,
continuait sa besogne ; et quand en effet le
vin semblait couler plus faiblement, il lui suf-
fisait de donner une légère inclinaison à la
cruche pour en faire jaillir de nouveau et à
plein goulot le liquide vermeil.

Plus de soixante prisonniers joyeux et re-
connaissants s'étaient déjà éloignés après avoir
reçu leur pitance ; ceux qui restaient, les yeux
attachés sur la bienheureuse cruche, semblaient
sonder avec inquiétude la capacité de ses flancs
arrondis et se pressaient assez bruyamment autour d'elle de peur d'arriver trop tard et de
voir tarir subitement la précieuse liqueur.

Dans ce moment Victoire, insensible à ce
qui se passait autour d'elle et qui n'avait pas
cessé le mouvement devenu presque machinal

avec lequel elle haussait ou baissait le goulot de la cruche, remplissait le dernier verre qui s'offrait encore sous ses yeux. Le vin coulait si abondamment que le gobelet, bientôt rempli jusqu'au-dessus des bords, laissa échapper les perles liquides qui le couronnaient. A cette vue le geôlier, que cet incident avait d'abord rendu muet de surprise, arracha un gobelet vide des mains de l'un des prisonniers ; et passant de l'accent de la colère à celui d'une audacieuse et grossière jovialité, il s'écria en tendant à son tour le gobelet sous la cruche : « Oh! par ma foi! il faut que j'en tâte ! Versez, versez, ma belle enfant : il y en aura bien encore un verre pour moi?... »

Victoire obéit silencieusement à cette injonction ; elle appuya sur le gobelet le bord de la cruche, releva doucement le fond pour en faire couler plus sûrement tout le contenu. Mais ce fut en vain que, soulevant le vase de ses deux mains, elle le renversa sens dessus dessous, pas une goutte n'en sortit, et le gobelet de l'impie buveur demeura sec et vide.

L'ivrogne éprouva une grande mortification quand Victoire, sortant de l'état d'absorption où elle était plongée, et voyant que le seul gobelet demeuré vide était celui du geôlier, lui

dit tout simplement, car elle n'avait pas bien la
conscience du miracle qui venait de s'opérer
par ses mains : « Il n'y en a plus, monsieur !...
et vous voyez par là que s'il y avait assez de vin
pour les pauvres gens, il n'y en avait pas une
gorgée de trop. »

Des éclats de rire mal étouffés circulaient
dans l'assemblée, et chacun semblait jouir de

la confusion du geôlier. Celui-ci, pour se
soustraire aux moqueries des prisonniers,
tourna les talons et se dirigea vers la cloche

comme pour donner le signal de la rentrée, quand l'aumônier lui fit signe d'attendre encore un instant. Il rappela les prisonniers qui, après avoir un peu tumultueusement remercié Victoire, commençaient à se disperser, et leur fit une petite allocution sur ce qui venait de se passer sous leurs yeux ; les engagea à reconnaître en toutes choses les marques de la bonté paternelle de Dieu et termina par ces paroles du Psalmiste : « Seigneur, vous êtes bon envers tous, » et vos miséricordes s'étendent sur toutes vos » œuvres ; que toutes vous louent et vous bé- » nissent, Seigneur, dans le temps comme dans » l'éternité. »

« Pour vous, ma fille, continua le vénérable prêtre en s'adressant à Victoire, conservez à jamais dans votre cœur la mémoire de cette journée, doublement sanctifiée par l'acte auguste que vous avez accompli ce matin et par les œuvres de miséricorde dont vous venez de le couronner. Que ce souvenir s'attache à votre jeune âme, mon enfant, tout en en gardant humblement le secret !... qu'il y fasse croître et se développer avec les années les sentiments de foi, de confiance et d'amour qui l'animent en ce moment : c'est un trésor qui fera la consolation de votre vie et vous accompagnera jusqu'à votre dernier jour. Et maintenant suivez-moi ! je veux avoir le plaisir de vous accompa-gner chez vos bons parents, auxquels il me tarde de faire mes félicitations ; et ensuite nous irons tous ensemble à l'église chanter le *Magni-ficat* en actions de grâces ; car il n'est pas loin de trois heures, et le dernier coup des vêpres va sonner. »

FIN.

Ouvrages en vente et approuvés par Monseigneur
l'archevêque de Paris.

Prix : broché, 30 centimes; cartonné, 35 cent.

Histoire de l'Ancien Testament.	3 vol.	Le Nid de Ramoneurs.	1 vol.
		La Bûche de Noël.	1 vol.
Histoire du Nouveau Testament.	2 vol.	Histoire d'Angleterre.	4 vol.
		Laideur et Beauté.	1 vol.
Histoire de France.	4 vol.	Les Péchés capitaux, par M. Fournier.	2 vol.
Promenades géographiq.	2 vol.		
Petite Morale en action et en images.	2 vol.	Histoire de sainte Geneviève, p. M. Valentin.	1 vol.
Petite Histoire des Arts et Métiers.	2 vol.	Histoire de saint Vincent de Paul, p. M. Nizart.	1 vol.
Petite Histoire de Paris et de ses environs.	1 vol.	Le père Lejeune et Samuel le bon fils, par M. A. Chailly.	1 vol.
Éléments de la Grammaire française.	1 vol.	L'habitant des Ruines, id.	1 vol.
Fables choisies de La Fontaine.	1 vol.	Les Pains de six livres, par M. H. Berthoud.	1 vol.
Arithmétique.	1 vol.	Comment on devient heureux, p. Mlle Valmore.	1 vol.
Pierre Desbordes ou le danger des mauvaises liaisons, par M. d'Exauvillez.	2 vol.	Le Contre-Maître, par M. T. Castellan.	1 vol
		La Visite aux Prisonniers.	1 vol

Ouvrages soumis à l'approbation de Monseigneur l'archevêque
et qui paraîtront en 1844. Un vol. tous les samedis.

Vie de la sainte Vierge, par M. Egron.	2 vol.	Histoire d'Allemagne.	4 vol.
Histoire du Culte de la Vierge, id.	1 vol.	Une Jeune Fille du peuple, p. Mlle Cromback.	1 vol
Vie de M. l'abbé Mérault, vicaire-général d'Orléans, p. le même.	1 vol.	Comment on devient sage, p. Mlle Valmore.	1 vol.
Vie de M. l'abbé Anot, de Reims, p. le même.	1 vol.	Petites Lettres édifiantes, ou Lettres des Missionnaires en Chine et au Japon.	2 vol.
Histoire de Hollande, p. M. H. Berthoud.	4 vol.	— En Océanie.	1 vol.
Histoire de Belgique, par M. Le Glay.	4 vol.	— En Afrique.	1 vol.
		— D. l'Amérique du nord.	1 vol.
Tambour et Trompette, par M. Ourliac.	1 vol.	— D. l'Amérique du sud.	1 vol.
Frère Joseph, id.	1 vol.	Soirées des Enfants, contes, par Mme Desbordes-Valmore.	1 vol.
Un Pauvre devant Dieu, par Mlle Cromback.	1 vol.	Les Enfants devant Dieu, par la même.	1 vol.
Les Pet. Enfants célèbres.	1 vol.	La Mère de Famille, id.	1 vol.
Petite Histoire des Eglises de Paris.	1 vol.	Souvenirs d'une Grand'-Maman, idem.	1 vol.
Les Bienfaiteurs de l'humanité.	1 vol.	Les Heures du Berceau.	1 vol
		La Famille du Pêcheur.	1 vol.

IMPRIMÉ PAR BÉTHUNE ET PLON, A PARIS.